APRÈS
LE BAL

COMÉDIE EN UN ACTE

MÊLÉE DE COUPLETS

PAR

SIRAUDIN, DELACOUR & CHOLER

NOUVELLE ÉDITION

PARIS
MICHEL LÉVY FRÈRES LIBRAIRES ÉDITEURS
RUE VIVIENNE, 2 BIS, ET BOULEVARD DES ITALIENS, 15
A LA LIBRAIRIE NOUVELLE

MDCCCLXVI

APRÈS LE BAL

COMÉDIE

MÊLÉE DE COUPLETS

Représentée pour la première fois, à Paris, sur le théâtre du GYMNASE, le 15 mars 1862

IMPRIMERIE L. TOINON ET Ce, A SAINT-GERMAIN.

APRÈS LE BAL

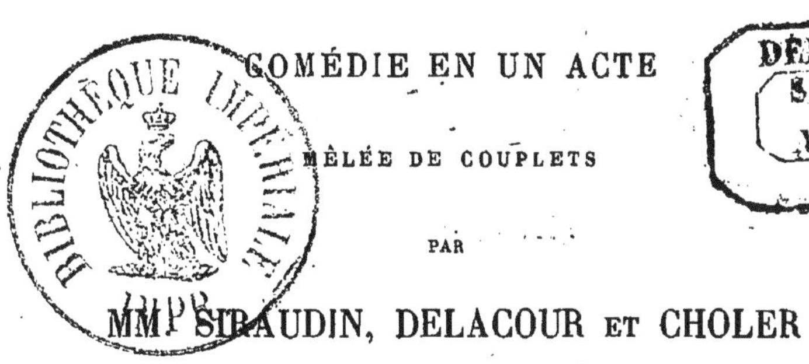

COMÉDIE EN UN ACTE

MÊLÉE DE COUPLETS

PAR

MM. SIRAUDIN, DELACOUR ET CHOLER

NOUVELLE ÉDITION

PARIS

MICHEL LÉVY FRÈRES, LIBRAIRES ÉDITEURS

RUE VIVIENNE, 2 BIS, ET BOULEVARD DES ITALIENS, 15

A LA LIBRAIRIE NOUVELLE

1866

PERSONNAGES

CAUDEBEC........	M. Geoffroy.
HENRIETTE DUMONTEIL...........	Mlle Céline Montaland.

La Scène se pa[illegible]is, de nos jours.

S'adresser, pour la musique, à M. Jubin, bibliothécaire-copiste, au théâtre du Gymnase.

APRÈS LE BAL

Le théâtre représente un boudoir octogone très-élégamment meublé : à gauche, au premier plan, un canapé, et, au-dessus, une glace ovale; porte au deuxième plan, à gauche, dans le pan coupé ; porte au fond. Au premier plan, une cheminée; fenêtre drapée de grands rideaux de soie fermés, dans le pan coupé, à droite, un fauteuil, une table à gauche; lampes allumées ; deux sur la cheminée, une sur la table; girandoles allumées à gauche.

SCÈNE PREMIÈRE.

HENRIETTE, seule.

(Au lever du rideau, Henriette, en toilette de bal, couronne de fleurs sur la tête, est endormie dans un fauteuil placé près de la table.)

Non... éloignez-vous... Augustine!... Augus... (Se réveillant.) Ah! mon Dieu! quel rêve!... Je dormais... je vois ce que c'est... la fatigue m'aura gagnée... et je me suis endormie avant d'avoir appelé Augustine... (Se levant.) Sonnons-la bien vite!... (Voyant la pendule placée sur la cheminée.) Quatre heures! C'est impossible!... Quatre heures!... Et mon bal a fini à une heure! Comment!... voilà trois heures que je dors sur ce fauteuil... et, sans ce maudit rêve... Conçoit-on cela?... Rêver de M. de Mérinville, ce voisin d'en face... dont j'ai refusé de devenir la femme... et qui, hier encore, m'a écrit, en me menaçant de me compromettre... d'empêcher à tout prix mon mariage avec Gaston!... Le vilain homme!...

Air de *Lauzun*.

Être persécutée ainsi...
A quoi donc en suis-je réduite ?
Soit à la promenade, ici,
Partout il est à ma poursuite,
Sans cesse... le jour ou la nuit...
Pour moi plus de repos, ni trêves ;
Enfin cet homme me poursuit,
Me poursuit jusques dans mes rêves!

Rien que d'y penser... Sonnons Augustine!... (Elle sonne à la cheminée.) La pauvre fille sera sans doute venue pendant mon sommeil... et elle n'aura pas osé me réveiller... Personne... Ni elle, ni Joseph!... Ils se sont sans doute endormis dans l'antichambre... ils ont fait comme moi... Allons les réveiller... et renvoyons-les bien vite dans leurs chambres!... (Elle prend la bougie qui était sur la table et sort par la porte du fond. La scène reste éclairée par les lampes de la cheminée.)

SCÈNE II.

CAUDEBEC, seul.

(Aussitôt après le départ d'Henriette, on entend un ronflement sonore derrière le rideau de la fenêtre.)

Qui est-ce qui ronfle donc comme cela?... (Il entr'ouvre le rideau, et on le voit, en costume de bal, blotti dans un fauteuil.) Je suis seul... ça doit être moi... Je me reconnais bien là!... J'ai le sommeil si tumultueux, que je me réveille moi-même!... (Se levant et venant en scène.) Le fait est que j'avais besoin de ce petit moment de repos! Parti hier soir de Caen... (S'arrêtant.) Puis-je me faire ce récit à moi-même?... Oui... ils dansent là... ils jouent à la bouillotte!... (Reprenant.) Parti hier soir de Caen... (S'arrêtant.) C'est une habitude que j'ai de me raconter le lendemain mes faits et gestes de la veille... (Reprenant.) Parti hier soir de Caen, j'arrive ce matin à Paris... après une nuit passée en chemin de fer... Je descends rue de Tivoli... 24... chez mon neveu... qui, par parenthèse, est absent pour quarante-huit heures... J'étais encore à table ce soir... au dessert... je mangeais un pruneau... cru... quand tout à coup Bernardot, un vieil ami, arrive et me dit : « Veux-tu passer la soirée avec moi?... » Je lui réponds : « Je veux bien! » Bernardot me repartit : « Alors, mets ton habit noir et tes souliers vernis... je t'emmène au bal! » Je fais observer à Bernardot que je ne suis pas venu à Paris pour aller au bal... Mais il insiste en me disant que je rencontrerai à ce bal un fonctionnaire du ministère de la justice... dont j'ai le plus grand besoin... pas de la justice... ni du ministère... mais du fonctionnaire... J'accepte, et nous voilà, à dix heures, faisant notre entrée chez madame Dumonteil... une jeune veuve... que je ne connaissais pas... Étant veuf moi-même, j'aime assez les veuves! Être vainqueur dans ce duel à mort qu'on appelle le mariage, cela prouve une certaine supériorité... Bernardot me présente, et nous nous mettons, au milieu de la foule, à la poursuite de mon fonctionnaire... Je reçois des coups de coude... j'en donne... Au bout d'un quart d'heure de ce libre échange, Bernardot me dit : « En attendant ce fonctionnaire, je vais mettre à la bouillotte! Toi, va faire la cour à la maîtresse de la maison! » Je lui réponds : « Oui... » Et je n'y vais pas... pour deux raisons : la première, parce que je n'aime pas causer avec les femmes... ça me rappelle la mienne... qui ne m'a que trop causé... d'ennuis; la seconde, parce que j'avais passé la nuit en chemin de fer, que j'étais fatigué... Aussi, qu'ai-je fait?... J'ai guigné... non, guetté... bah! je suis seul... j'ai guigné un coin dans ce boudoir... et je m'y suis endormi pendant quelques minutes... Pourvu que mon fonctionnaire, qui n'était pas encore arrivé tout à l'heure, ne soit pas déjà reparti!... Il y a des fonctionnaires qui ne savent pas rester en place!... Remettons mes gants... rajustons ma cravate... (Il se place devant la glace à gauche. Henriette rentre par le fond.)

SCÈNE III.

CAUDEBEC, HENRIETTE.

HENRIETTE, à part.

Personne!... Il paraît qu'ils n'ont pas attendu mes ordres, pour remonter chez eux!... Ils auront cru que je les avais oubliés!... (Apercevant Caudebec.) Ah! quelqu'un ici?...

CAUDEBEC, à part.

Oh! la maîtresse de céans!...

HENRIETTE.

Monsieur... qui êtes-vous?...

CAUDEBEC, saluant.

Caudebec... Isidore Caudebec... (Galamment, prenant la lampe qu'elle tient à la main et la posant sur la table.) Mais permettez donc, madame... Présenté ce soir par Bernardot... vous savez... Bernardot,.. qui a un grand nez...

HENRIETTE.

Oui, monsieur... je me souviens... Mais... que faites-vous dans ce boudoir?...

CAUDEBEC.

J'étais venu respirer un moment... parce que la chaleur... mais je rentre dans le salon...

HENRIETTE.

Pourquoi faire?

CAUDEBEC.

Mais pour danser, madame... car je danse encore... je polke même...

HENRIETTE.

Danser... mais avec qui?

CAUDEBEC, à part.

Je suis pris. Elle veut se faire inviter... (Haut, galamment.) Avec vous, madame, si vous voulez me faire l'honneur...

HENRIETTE.

Mais, monsieur... mon bal est fini...

CAUDEBEC.

Bah!... Déjà?

HENRIETTE.

Il est quatre heures du matin.

CAUDEBEC.

Quatre heures!... (Regardant sa montre.) C'est juste, quatre heures cinq... Je vais comme la Bourse.

HENRIETTE.

Mais qu'avez-vous fait toute la nuit?... où étiez-vous?...

CAUDEBEC.

Je me suis... isolé... un moment... derrière cette tapisserie... (Il remonte en indiquant la fenêtre.)

HENRIETTE *.

Je devine... Vous avez dormi?...

CAUDEBEC, avec indignation.

Oh!...

HENRIETTE.

Allons! ne vous en défendez pas.

CAUDEBEC, changeant de ton.

Probablement...

HENRIETTE.

Et, pendant ce temps, tout le monde est parti...

CAUDEBEC.

Comment?... Bernardot... le fonctionnaire?...

HENRIETTE.

Il n'y a plus personne.

CAUDEBEC.

Alors, madame... il ne me reste plus qu'à faire comme eux. (La saluant.) Veuillez agréer... (Il va prendre son chapeau derrière les rideaux de la fenêtre.)

HENRIETTE.

Ah! mon Dieu!... mon appartement est fermé... mes domestiques sont montés chez eux...

CAUDEBEC.

Nous allons les appeler.

HENRIETTE.

Et le concierge, auquel on a dit qu'il n'y avait plus personne.

CAUDEBEC.

Je frapperai à son carreau... L' cordon, s'il vous plaît!... Je le réveillerai...

* Henriette, Caudebec.

HENRIETTE.

Y pensez-vous?

CAUDEBEC.

Les concierges sont faits pour être réveillés... D'ailleurs, je lui donnerai vingt sous... je connais les usages...

HENRIETTE.

Mais c'est impossible, monsieur!... Que dira-t-on en vous voyant sortir de chez moi... quand tout le monde est parti depuis plus de trois heures?...

CAUDEBEC.

Pardon... mais... je pense que vous n'avez pas la prétention de me retenir?...

HENRIETTE.

Oh! monsieur...

CAUDEBEC.

Alors, madame, partons d'un principe; pour sortir d'une maison, il n'y a que la porte.

HENRIETTE, timidement.

Ou... ou la fenêtre... (Elle fait quelques pas en la montrant *.)

CAUDEBEC.

Oui, quand on est au rez-de-chaussée; mais quand on est au deuxième...

HENRIETTE.

Au premier... au-dessus de l'entre-sol...

CAUDEBEC.

Je disais bien... au deuxième.

HENRIETTE.

Monsieur... vous êtes un galant homme?...

CAUDEBEC.

Moi?... Oh! non, je suis marchand de laines.

HENRIETTE.

Vous ne voudriez pas rendre une femme victime d'une situation que vous-même avez créée...

CAUDEBEC.

Moi?

HENRIETTE.

En vous endormant?

CAUDEBEC.

C'est juste... j'ai eu tort.

HENRIETTE.

Vous ne pouvez donc pas me refuser... (Lui montrant la fenêtre.) Essayez...

CAUDEBEC.

De descendre par la fenêtre?... Permettez, madame... il y a des propositions qu'on n'a pas le droit de faire à un marchand

* Caudebec, Henriette.

de laines... qui frise... la cinquantaine... qui l'a même passée...

HENRIETTE, suppliant toujours.

Monsieur... il y va de mon honneur... C'est vous qui m'avez compromise...

CAUDEBEC, hésitant.

Mon Dieu, madame... si vous n'aviez pas d'entre-sol... certainement... Je me dirais : Il n'y a que le premier... qui coûte. .

HENRIETTE, le prenant par la main et l'entraînant.

Je vous en prie!... La nuit est sombre... la rue déserte...

CAUDEBEC.

Êtes-vous macadamisée? (Ils se sont rapprochés de la fenêtre; Henriette entr'ouvre le rideau et le laisse retomber vivement en voyant la croisée d'en face éclairée.)

HENRIETTE, effrayée, à demi-voix.

Ah!... retirez-vous!

CAUDEBEC, se cachant contre la porte du fond.

Hein?... Quoi?

HENRIETTE, à demi-voix.

Il y a de la lumière en face.

CAUDEBEC, même jeu.

On n'est pas encore couché.

HENRIETTE.

On me guette... on m'épie.

CAUDEBEC.

Qui cela?

HENRIETTE.

Un monsieur... qui a juré de me perdre. Il ne faut pas qu'il vous voie!

CAUDEBEC.

Alors, nous renonçons à la fenêtre?... Tant mieux! (Il va s'asseoir sur le canapé à gauche.)

HENRIETTE, après un silence.

Ah! nous sommes sauvés!

CAUDEBEC.

Vraiment?

HENRIETTE.

Il est quatre heures et demie.

CAUDEBEC, regardant sa montre.

Trente-cinq... Je vais comme la Bourse.

HENRIETTE.

Restez ici jusqu'à demain.

CAUDEBEC, se révoltant.

Jusqu'à demain? (Il se lève.)

HENRIETTE.

Je veux dire jusqu'à ce que le jour paraisse. A sept heures, mes domestiques descendront... le concierge ouvrira la porte de la rue... vous pourrez sortir sans être remarqué.

CAUDEBEC.

Impossible, madame !

HENRIETTE.

Oh! monsieur... au nom de mon bonheur!... car, s'il faut tout vous dire, je suis sur le point de me remarier... d'épouser une personne que j'aime... et... j'ai ma réputation à garder.

Air de *Mademoiselle Garcin.*

C'est un service, eh bien ! je le réclame,
Veuillez rester ici jusqu'à demain.
N'hésitez pas !... l'avenir d'une femme
Est tout entier remis en votre main.
Restez, restez... quand je supplie et pleure,
De votre oubli dois-je subir les coups ?
Si vous passez le seuil de ma demeure,
Vous emportez mon bonheur avec vous;
Oui, mon bonheur va partir avec vous.

CAUDEBEC.

Moi aussi, madame... j'ai ma réputation à garder.

HENRIETTE, souriant.

Oh! la réputation d'un homme...

CAUDEBEC.

Il y a homme... et homme... Je suis très-moral, moi... Tel que vous me voyez, madame, je suis arrivé à cinquante-trois ans sans avoir passé une nuit hors de chez moi.

HENRIETTE, souriant.

Vraiment?

CAUDEBEC.

Si je ne rentre pas, que pensera mon concierge?

HENRIETTE.

Il pensera la vérité... que vous êtes allé au bal.

CAUDEBEC.

Vous croyez?

HENRIETTE.

J'en suis sûre. (Lui prenant doucement son chapeau.) Oh ! ne me refusez pas ! (Lui indiquant un fauteuil près de la cheminée.) Mettez-vous là... D'ailleurs, c'est votre faute, il ne fallait pas vous endormir dans mon boudoir.

CAUDEBEC, cédant et s'asseyant.

Vous en parlez à votre aise. Si vous aviez passé toute une nuit en wagon, avec un voisin qui s'étalait dans tous les sens.

HENRIETTE.

Je vais rallumer le feu.

CAUDEBEC.

Ne vous donnez pas cette peine.

HENRIETTE.

Voici du bois.

CAUDEBEC, s'asseyant et arrangeant le feu.

Que je suis donc fâché d'être venu à votre bal!

HENRIETTE *.

A sept heures vous serez libre.

CAUDEBEC.

Jusque-là, ça ne va pas être amusant.

HENRIETTE.

Deux heures seront bien vite passées.

CAUDEBEC.

Certainement, madame. Il y a vingt-cinq ans, je n'aurais pas mis le fait en doute... j'aurais même trouvé que deux heures... mais aujourd'hui... à mon âge... je préférerais mon lit...

HENRIETTE, apportant un coussin qu'elle a pris sur le canapé.

Tenez, monsieur... mettez ce coussin-là... derrière vous.

CAUDEBEC.

C'est plus doux.

HENRIETTE, prenant un tabouret devant le fauteuil, près de la table.

Ce tabouret sous vos pieds...

CAUDEBEC.

Vous êtes trop bonne... (S'installant dans son fauteuil.) C'est égal.. je suis bien fâché d'être venu à votre bal!...

HENRIETTE.

Je le comprends... je suis moi-même désolée...

CAUDEBEC.

Enfin... c'est un malheur... (Il ferme les yeux et se retourne dans son fauteuil.)

HENRIETTE.

L'éclat des lumières vous fatigue peut-être?... (Elle baisse les deux lampes de la cheminée.) La!... C'est mieux, n'est-ce pas?...

CAUDEBEC.

Oui... oui... c'est mieux.

HENRIETTE. Elle va près de la table et s'occupe de ses écrins. — Moment de silence.

Y a-t-il longtemps que vous n'étiez venu à Paris?

CAUDEBEC, blotti dans son fauteuil, les yeux fermés.

Oui.

HENRIETTE.

Aimez-vous notre ville?

CAUDEBEC.

Non.

* Henriette, Caudebec.

HENRIETTE.

Vous habitez la province, je crois?...

CAUDEBEC, se retournant et ouvrant les yeux.

Pardon, madame... Est-ce que vous tenez beaucoup à causer?

HENRIETTE.

Mais non, monsieur... je ne le fais que pour vous... Je cherche à vous distraire...

CAUDEBEC.

En ce cas, madame, je vous demanderai de suspendre votre conversation... Je tombe de fatigue... et je ne serais pas fâché de dormir un peu...

HENRIETTE.

Volontiers, monsieur.

CAUDEBEC.

Vous-même, ne vous gênez pas... Rentrez chez vous... couchez-vous...

HENRIETTE.

Oh! monsieur!...

CAUDEBEC.

Oh! ne craignez rien... enfermez-vous... mettez le verrou... (Fermant les yeux.) Bonsoir, madame!

HENRIETTE.

Bonsoir, monsieur! (Le regardant.) Au fait, ce que j'ai de mieux à faire, c'est de le laisser dormir!... (Elle se place devant la glace qui est à gauche, et retire successivement de ses cheveux plusieurs épingles. Elle cherche à enlever sa couronne, qui se trouve retenue.) Comment!... elle tient encore!...

CAUDEBEC.

C'est agaçant!... ce frou-frou continuel... (Il se retourne.) Voulez-vous que je vous aide?

HENRIETTE.

Ne vous dérangez pas... J'ôte ma coiffure... mais il y a tant d'épingles...

CAUDEBEC, se levant, et cherchant l'épingle.

Je sais bien... Il y a des femmes qui ont plus d'épingles que de cheveux... Je ne dis pas cela pour vous... bien entendu. (Il enlève la couronne.) Voilà.

HENRIETTE.

Je vous remercie...

CAUDEBEC.

Pendant que j'y suis, voulez-vous que je desagrafe votre robe?...

HENRIETTE.

Oh! monsieur...

CAUDEBEC, avec indifférence.

Je vous propose cela... vous ne voulez pas, c'est fini... (Il dispose son coussin, et se remet dans son fauteuil.)

HENRIETTE, prenant sa lampe sur la table, et emportant sa couronne et ses écrins.

Adieu, monsieur... et bonne nuit.

CAUDEBEC.

Oh! bonne nuit... enfin!... Mettez le verrou.

HENRIETTE, à part.

Comme il me dit cela!... (Haut.) Je vous éveillerai à sept heures.

CAUDEBEC.

C'est peut-être moi qui vous éveillerai...

HENRIETTE, étonnée. — A part.

Lui!...

ENSEMBLE.

Air de *Croquefer*.

HENRIETTE.

C'est étrange vraiment...
Ah! quel pressentiment!
Non, je ne puis le taire,
J'entrevois un mystère!
J'ai presque de l'effroi...
J'éprouve malgré moi
Une certaine atteinte
De terreur et de crainte.
Jusqu'à demain ne disons rien,
Partons! demain nous verrons bien!

CAUDEBEC.

Rentrez tranquillement
Dans votre appartement;
Qu'un sommeil salutaire
Ferme votre paupière.
De ma nuit j'ai l'emploi,
Je m'en vais rester coi;
Près de la lampe éteinte
Je dormirai sans crainte.
Bonsoir, madame, dormez bien,
Et ne vous inquiétez de rien.

(Henriette entre à gauche.)

SCÈNE IV.

CAUDEBEC, dans son fauteuil, avec humeur.

On appelle ça... aller dans le monde... Pourvu qu'elle ne vienne pas encore me troubler... (Se levant.) Mettons nous-même le verrou... (Il va à la porte de gauche.) Bon... bien!.. il n'y en a pas de ce côté... Avec tout cela, je n'ai pas vu mon fonctionnaire... Et dire que je serai obligé de retourner en Normandie sans avoir réussi... Car voici ce qui m'amène à Paris... (Confidentiellement.) c'est entre nous... je ne l'ai dit qu'à Bernardot... (Il tire de sa poche un foulard, avec lequel il s'enveloppe la tête.) je suis en instance auprès du ministre pour obtenir l'autorisation de prendre le nom de Caudebec... Isidore Caudebec... Ce n'est pas que mon vrai nom soit ridicule... loin de là... A Saint-Pétersbourg, il serait très-bien porté... C'est un nom russe... qui vient de *roubles*... (Regardant autour de lui.) Il n'y a personne... Je me nomme Roublardin... Isidore Roublardin!... Ça sent son moscovite... Moi, du reste, ça m'était égal... voilà cinquante-trois ans que j'y réponds, et je ne m'en porte pas plus mal, Dieu merci... C'est à cause de mon neveu... un garçon très-fort... qui veut se lancer dans les grandes affaires... les affaires de finance... il hésite à se faire appeler Roublardin... je ne sais pas pourquoi... Je lui ai écrit : « Renonce à ton mariage, et je renoncerai à mon nom... » Car il voulait se marier... Mais je lui ai défendu de m'en parler... Une Parisienne dans ma famille?... Jamais!... Ce n'est qu'en province qu'on peut espérer trouver une femme fidèle... et encore... depuis les chemins de fer... Il y a tant d'embranchements!... (Pendant cette dernière partie du monologue, il est retourné vers son fauteuil, s'y est commodément installé, et recommence à dormir. — Après un court silence, il rouvre les yeux, et porte la main à son estomac.) Tiens! qu'est-ce que je sens là... une crampe?... (Se levant.) Si j'allais être malade chez cette dame... obligé d'envoyer chercher un médecin... C'est alors qu'elle serait compromise!... Ça ne va pas bien du tout... Ah! je sais ce que c'est... j'ai faim!... Pendant que les autres papillonnaient autour du buffet, moi je dormais, voilà... Il me faudrait une forte application de pâté de foie gras... (Prenant une lampe sur la cheminée.) Allons voir si je ne pourrais pas nouer connaissance avec quelque fragment de dinde truffée... ou faire la cour à quelque aimable galantine...

Air de *l'Artiste*.

J'ai vu là dans l'office
Certain buffet garni,

Je lui rendrai service,
Il sera dégarni.
J'ai vu mainte bouteille
Qui semblait s'ennuyer;
Le champagne sommeille,
Je vais le réveiller.

(Il sort par la porte du fond, en marchant sur la pointe des pieds. Au même instant, Henriette entr'ouvre doucement la porte de gauche, et entre en scène en le suivant des yeux.)

SCÈNE V.

HENRIETTE, troublée.

Où va-t-il donc?... Décidément, il y a dans tout ceci quelque chose d'extraordinaire... Ce monsieur qui feignait tout à l'heure un sommeil profond, qui insistait pour me renvoyer dans ma chambre... et qui, maintenant, se promène dans mon appartement... cette indifférence qu'il affectait en ôtant ma couronne, en me proposant de désagrafer ma robe, en parlant de ses cinquante-trois ans... tout cela n'est pas naturel... Serais-je tombée dans un piége? Ce M. de Mérinville... si c'était lui! Je ne le connais pas... je l'ai à peine aperçu une fois à sa fenêtre... Il m'a paru plus jeune... mais qui me dit qu'il ne s'est pas déguisé pour se faire présenter chez moi?... On ne s'endort pas dans un boudoir une nuit de bal...

Air de *la Haine d'une femme.*

Quoi! cet homme que je déteste,
Il est là!... Je me sens trembler!
Faut-il fuir?... faut-il que je reste?
Non, je ne veux pas reculer.
Dans ce danger où je m'engage,
Le calme seul me soutiendra,
Et pour conserver l'avantage
Il le faut... j'aurai du courage;
C'est une lutte, et l'on verra
Qui de nous deux l'emportera.

(Caudebec rentre tenant la lampe et un plateau, sur lequel est un perdreau une bouteille de vin et un couvert.) Le voilà! (Elle se tient à l'écart près de la cheminée.)

SCÈNE VI.

CAUDEBEC, HENRIETTE.

CAUDEBEC, posant le plateau sur la table, sans apercevoir Henriette.

J'ai trouvé un perdreau qui ne demande qu'à causer.

HENRIETTE, à part.

Il va souper.

CAUDEBEC.

Je ne suis pas fâché de prendre un peu de forces.

HENRIETTE, à part.

Hein?

CAUDEBEC, posant la lampe sur la cheminée.

Allons, bon !... j'ai dérangé ma perruque.

HENRIETTE, à part.

Sa perruque !... Je m'en doutais. (Elle passe au fond.)

CAUDEBEC, se rajustant devant la glace de la cheminée.

Heureusement que la jeune veuve ne s'est aperçue de rien... Elle repose tranquillement.

HENRIETTE, à part.

Que faire?... Du sang-froid... (Elle s'approche de la table et dispose le couvert.

CAUDEBEC, l'apercevant dans la glace, et se retournant vivement.

Vous, madame? vous ici?... Je vous croyais endormie.

HENRIETTE.

Mais vous-même, monsieur?

CAUDEBEC, embarrassé.

Il est vrai qu'à cette heure-ci... Mais la faim... l'occasion... le perdreau... Je vais chercher un autre couvert...

HENRIETTE, vivement.

C'est inutile... je n'ai pas faim.

CAUDEBEC.

Ce perdreau ne vous dit rien?... Moi, j'avoue qu'en le regardant, je me sens un appétit féroce.

HENRIETTE, avec intention.

Un appétit de jeune homme.

CAUDEBEC.

Vous avez dit le mot... de jeune homme.

HENRIETTE.

Eh bien, monsieur, mettez-vous à table.

CAUDEBEC.

Avec plaisir. (Lui montrant une chaise.) Mais avant, donnez-vous donc la peine...

[1] Henriette, Caudebec.

HENRIETTE, s'asseyant.

Je vous remercie... je vous verserai à boire.

CAUDEBEC, à table.

Très-bien... (Mangeant.) Convenez qu'il est fâcheux que je n'aie pas vingt-cinq ans de moins?

HENRIETTE.

Pourquoi donc, monsieur?

CAUDEBEC.

Parce que... un perdreau... du champagne... un tête-à-tête avec une femme charmante... (Il boit.)

HENRIETTE, à part.

Nous y voilà!

CAUDEBEC.

Supposez un moment que je n'ai pas cinquante-trois ans.

HENRIETTE, vivement.

Vous avouez?

CAUDEBEC.

Je n'avoue pas, je suppose... je ne fais que supposer, malheureusement... (Il boit encore.)

HENRIETTE, à part.

Oh! je le forcerai bien à se trahir.

CAUDEBEC.

Nous voilà donc tous deux à cinq heures du matin... vous, me versant à boire... sans défiance...

HENRIETTE, à part.

Oh! sans défiance!... (Haut.) Savez-vous, monsieur, ce qui rend les femmes fortes?

CAUDEBEC.

On dit que c'est le gymnase Triat...

HENRIETTE, avec assurance.

C'est leur apparence de faiblesse... on ne se méfie pas... on avance témérairement... et souvent on se laisse prendre...

CAUDEBEC.

Je ne comprends pas.

HENRIETTE.

Voulez-vous un exemple?

CAUDEBEC.

Racontez... je vous écoute en mangeant... ou plutôt non... je mange en vous écoutant...

HENRIETTE.

C'est une histoire arrivée à une de mes amies.

CAUDEBEC.

Madame de Maintenon a dit qu'une histoire remplaçait un plat... La vôtre me servira d'entremets sucré.

HENRIETTE.

Mon amie était jeune.

CAUDEBEC.

Comme vous.

HENRIETTE.

Veuve...

CAUDEBEC.

Comme vous.

HENRIETTE.

Et, comme moi, sur le point de se remarier.

CAUDEBEC.

Les femmes ne deviennent veuves que pour cela.

HENRIETTE.

Un soir, elle était seule à la campagne... lorsqu'elle reçut la visite d'un monsieur... à la tournure respectable... de cinquante-deux à cinquante-trois ans...

CAUDEBEC.

Comme moi.

HENRIETTE.

Comme vous... Il se donnait pour un notaire... et, en effet, il lui parla de l'état de sa fortune, du placement de ses fonds... de propriétés... que sais-je?... Bref, l'heure avançait... la nuit était venue... et mon amie ne put mieux faire que d'offrir à dîner à ce monsieur... Les voilà donc à table...

CAUDEBEC.

Avec un notaire... elle a dû bien s'ennuyer!

HENRIETTE.

Mon amie était trop inquiète pour s'ennuyer.

CAUDEBEC, avec intérêt.

Inquiète! Pourquoi?

HENRIETTE, se levant lentement et l'observant.

Parce que... à certains signes... à la légèreté de la démarche... à la vivacité des yeux, elle s'était aperçue que ce prétendu notaire était un jeune homme déguisé.

CAUDEBEC, avec explosion de gaieté.

Bravo!... Je devine le dénoûment!... Le vieillard ôta sa perruque et se jeta aux genoux de la dame. (Il lance sa serviette sur la table et fait un mouvement comme pour se lever; Henriette étend la main pour l'arrêter.)

HENRIETTE.

Non!

CAUDEBEC, avec calme.

Ah! quoi donc? (Il prend son verre.)

HENRIETTE, avec intention.

Il n'en eut pas le temps... (Montrant le verre de Caudebec.) car, dans le vin qu'il avait bu, la dame avait versé du poison.

CAUDEBEC, se levant vivement.

Empoisonné!...

HENRIETTE, à part.

C'est lui!... (Haut.) Non, monsieur, rassurez-vous; mais (Avec sévérité) croyez-vous que votre conduite soit celle d'un galant homme?

CAUDEBEC, interdit.

Mais, madame... J'ai vu ce perdreau... sur le buffet...

HENRIETTE.

Je vous ai refusé ma main... Est-ce ma faute si j'en aime un autre?... Est-ce une raison surtout pour me perdre aux yeux du monde?

CAUDEBEC.

Moi?... Mais je vous jure...

HENRIETTE.

Ce déguisement est inutile... Vous ne vous appelez pas M. Caudebec.

CAUDEBEC, à part.

Comment! elle sait?... (Haut, très-troublé.) Il est vrai, madame... que ce nom...

HENRIETTE.

Otez cette perruque.

CAUDEBEC, interdit.

Hein?

HENRIETTE.

Ne me parlez plus de vos cinquante-trois ans, monsieur de Mérinville.

CAUDEBEC.

Qui ça, Mérinville?... Moi?

HENRIETTE.

Mais sans doute.

CAUDEBEC.

Il y a erreur, madame... il y a erreur... J'ai bien cinquante-trois ans... malheureusement... j'ai la patte d'oie... malheureusement... et je porte perruque depuis dix ans... malheureusement.

HENRIETTE, confuse.

Mais alors... je me suis trompée.

CAUDEBEC.

Probablement.

HENRIETTE.

Air : *Faut l'oublier.*

Ah! monsieur, je suis sans excuse!
Comment devrai-je réparer
L'erreur où j'ai pu me livrer?
J'en suis encor toute confuse.
On n'est pas maîtresse de soi,

La peur m'avait saisie... en somme,
Dans mon trouble, dans mon effroi,
Je vous prenais pour un jeune homme.
Pardonnez-moi ! (*bis*)

(Gracieusement.) Remettez-vous donc à table, je vous en prie.

CAUDEBEC.

Merci... je n'ai plus faim.

HENRIETTE, lui présentant son verre de champagne en souriant.

Ne craignez rien, je ne suis pas une Lucrèce Borgia.

CAUDEBEC.

Je n'ai plus soif... Votre histoire de tout à l'heure...

HENRIETTE.

Oh! pure fantaisie.

CAUDEBEC.

N'importe! arrivant par-dessus le perdreau... ça m'a troublé... Je ne me sens pas à mon aise. (Il s'assied sur le fauteuil près de la cheminée.)

HENRIETTE.

Ah! mon Dieu! vous vous trouvez mal?

CAUDEBEC.

De l'éther!... de la fleur d'oranger!

HENRIETTE.

Mon flacon de sel!... Attendez... je reviens... (Elle entre précipitamment dans sa chambre.)

SCÈNE VII.

CAUDEBEC, puis UNE VOIX.

CAUDEBEC.

J'en ferai une maladie... bien sûr. Et on appelle ça aller dans le monde!... (Se levant.) Je crois que le grand air me fera du bien; on ne respire pas ici... (Il ouvre la fenêtre.) Le jour ne paraît pas encore!... (La fenêtre de l'appartement en face s'ouvre violemment.)

LA VOIX.

Monsieur!...

CAUDEBEC, rentrant vivement, et laissant retomber les rideaux.

Oh!... le monsieur d'en face!... (A demi-voix.) Il n'est pas encore couché!

LA VOIX.

Vous me rendrez raison de votre conduite!

CAUDEBEC.

Allons, bon!... il me provoque...

LA VOIX.

Vous avez beau vous cacher... je vous connais, monsieur Roublardin.

CAUDEBEC, très-étonné.

Mon nom!... Il sait mon nom!

LA VOIX.

Je serai chez vous à dix heures du matin, rue de Tivoli, 24.

CAUDEBEC.

Mon adresse!... (Se précipitant vers la fenêtre.) Mais, monsieur...

LA VOIX.

Bonsoir ! (La fenêtre d'en face se ferme.)

CAUDEBEC.

Permettez...

SCÈNE VIII.

HENRIETTE, entrant, un flacon à la main.

Me voilà!... Que vois-je?... Cette fenêtre ouverte...

CAUDEBEC.

Excusez-moi, je manquais d'oxygène...

HENRIETTE, effrayée.

Et M. de Mérinville vous a vu?...

CAUDEBEC.

Il m'a même défié.

HENRIETTE.

Un duel!

CAUDEBEC.

C'est singulier... ce monsieur me connaît...

HENRIETTE.

Vous?...

CAUDEBEC.

Il sait mon adressse, 24, rue de Tivoli...

HENRIETTE, très-étonnée.

Comment?... Vous demeurez...

CAUDEBEC.

24, rue de Tivoli, chez mon neveu, Gaston Roublardin, de Caudebec...

HENRIETTE, à part.

L'oncle de Gaston!...

Air : *Ducroquet* (dans *Un Mari à la porte*, d'OFFENBACH).

Mais c'est charmant! plus de danger!
De mon cœur la frayeur s'efface;
Le bonheur va prendre sa place,
Et maintenant tout va changer.

ENSEMBLE.

HENRIETTE.

Mais c'est charmant! etc.

CAUDEBEC.

Mais c'est affreux ! Pour m'égorger,
Il me défie et me menace;
Dans mon cœur tout mon sang glace,
Comment conjurer le danger?

HENRIETTE.

Le pauvre homme bat la campagne!
Il tremble fort... et moi je ris...

CAUDEBEC.

Et voilà donc ce que l'on gagne
A courir le monde à Paris!

HENRIETTE.

Quand à la frayeur il succombe,
Cachons-lui bien notre dessein.

CAUDEBEC.

Tout joyeux j'arrive et je tombe
Entre les mains d'un spadassin!

REPRISE ENSEMBLE.

CAUDEBEC.

Où m'a-t-il vu?... où m'a-t-il connu?... Voilà vingt-trois ans que je ne suis venu à Paris.

HENRIETTE, à part.

Il l'a pris pour son neveu... (Haut.) C'est bien simple... ce monsieur était sans doute ce soir ici, dans la foule... Il vous aura entendu nommer... et il vous a provoqué...

CAUDEBEC, vivement.

Oh! ne craignez rien, je me connais; je ne me battrai pas; je ferai des excuses...

HENRIETTE.

Des excuses!... Mais demain, monsieur, je n'en serai pas moins la fable de tout Paris... mon mariage sera rompu... Et c'est vous... (Jouant le désespoir.) Vous aviez bien besoin d'ouvrir cette fenêtre...

CAUDEBEC.

Ce n'est pas ma faute... c'est l'oxygène; je manquais d'oxygène... et d'azote.

HENRIETTE.

Que voulez-vous que je devienne!...

CAUDEBEC, à part.

Elle pleure...

HENRIETTE.

Quand l'avenir se présentait à moi souriant et beau... Ah! je suis perdue, je n'ai plus qu'à mourir...

CAUDEBEC.

Permettez, madame...

HENRIETTE.

Oh! je sais bien ce que vous allez faire. Vous allez me proposer de m'épouser...

CAUDEBEC.

Moi?... Oh! jamais, madame... J'ai fait veuf de rester vœu. (Se reprenant.) Non... j'ai fait vœu de rester veuf...

HENRIETTE.

Cependant, monsieur, si je l'exigeais?...

CAUDEBEC.

C'est impossible, madame... je vous rendrais malheureuse. J'ai des moments où je suis insupportable.

HENRIETTE.

Mais alors vous avez un fils?

CAUDEBEC.

Le ciel m'a refusé cette douceur... jusqu'ici; et comme je suis veuf, je ne pense pas.

HENRIETTE.

Vous avez peut-être un frère... un neveu?...

CAUDEBEC.

Un neveu... oui, j'ai un neveu.

HENRIETTE.

C'est à lui de réparer le tort que vous avez fait à mon honneur...

CAUDEBEC.

Au fait, il veut se marier...

HENRIETTE.

Ah! vraiment?...

CAUDEBEC.

Et moi je m'y oppose... Le vrai moyen qu'il n'épouse pas sa Parisienne, c'est de l'obliger à vous épouser... C'est une bonne plaisanterie à lui faire...

HENRIETTE.

Une plaisanterie...

CAUDEBEC, se reprenant.

Non, non... je veux dire... une bonne farce... Il vous épousera.

HENRIETTE, à part.

Il y vient... (Haut.) Mais s'il refuse?...

CAUDEBEC.

S'il refuse... je le déshérite. D'ailleurs, pourquoi refuserait-il?... Il est très-bien... un cavalier fort élégant... Vous, de votre côté, vous êtes jeune...

HENRIETTE.

Vingt ans...

CAUDEBEC.

Vous n'êtes pas mal... Riche... car vous devez être riche?...

HENRIETTE.

Quarante mille livres de rente...

CAUDEBEC.

Quarante mille!... Charmante... car vous êtes charmante!... (A lui-même.) Quarante mille livres!... (Haut.) Mais voyons donc; au fait, je ne vois pas pourquoi, puisque c'est moi qui vous ai compromise... (A lui-même.) quarante mille!... (Haut.) j'irais forcer ce pauvre garçon à vous épouser...

HENRIETTE.

Hein?...

CAUDEBEC.

Quand je suis là... Car je suis là...

HENRIETTE.

Vous!...

CAUDEBEC.

Air : *Connaissez-vous le grand Eugène.*

Quand malgré vous je me suis fait votre hôte,
Combien je dois le déplorer!
Mais puisque j'ai commis la faute,
C'est à moi de la réparer,
Je suis prêt à tout réparer.
Plus de regrets, de plaintes importunes,
Rapprochons-nous tous les deux de bon cœur;
Unissons-nous : avec nos deux fortunes,
Nous en ferons peut-être du bonheur.

HENRIETTE.

Mais, monsieur, permettez...

CAUDEBEC.

Pas un mot de plus!... Je vous épouse... (Marmottant.) Quarante mille...

HENRIETTE.

Hein?...

CAUDEBEC.

Quarante-mille fois... plutôt qu'une...

HENRIETTE.

Mais je refuse... Votre neveu, passe encore...

CAUDEBEC.

Mon neveu... mon neveu... Je vous ai trompée... il est laid, il est affreux!...

HENRIETTE, à part.

Mais ça n'est pas vrai...

CAUDEBEC.

Il a trois ans de plus que moi...

HENRIETTE, à part.

Oh!...

CAUDEBEC.

Eh bien... voyons... est-ce convenu?... acceptez-vous?...

HENRIETTE.

Jamais.

CAUDEBEC *.

Alors, madame, vous allez me mettre dans la nécessité de vous y contraindre.

HENRIETTE, effrayée.

Comment ?

CAUDEBEC.

En achevant de vous compromettre.

HENRIETTE.

Mais vous avez dit que vous me rendriez malheureuse...

CAUDEBEC.

Ce ne pourrait être qu'à force d'amour... (Avec passion.) Car je vous aime...je vous adore!... et si vous me refusez, j'ouvre les portes, les fenêtres, j'appelle, je carillonne, je me bats en duel!...

HENRIETTE.

Mais c'est affreux!...

CAUDEBEC.

Quand la passion m'emporte, je suis capable de tout... même d'ouvrir une fenêtre... (Il fait un pas.)

HENRIETTE, l'arrêtant du geste.

N'ouvrez pas!...

CAUDEBEC, avec joie.

Vous consentez?...

HENRIETTE, avec resignation.

Je consens... (Elle se laisse tomber sur le fauteuil, près de la cheminée.)

CAUDEBEC.

Merci... merci!... Ah! un détail qui vous fera plaisir... Je vous ai dit que j'avais cinquante-trois ans... je n'en ai que cinquante-deux et huit mois.

HENRIETTE.

Qu'importe!... Seulement, monsieur, au point où nous en sommes, permettez-moi de vous charger d'une mission délicate...

CAUDEBEC.

Tout ce que vous voudrez, madame... (Avec feu.) Tout... tout!...

HENRIETTE, montrant la cheminée.

Vous trouverez là, dans ce coffret, des lettres et un portrait... que j'avais cru pouvoir accepter... Veuillez vous charger, monsieur, de les remettre à la personne de qui je les ai reçus... (Elle se lève.)

* Caudebec, Henriette.

CAUDEBEC, allant au coffret *.

Permettez... Mais...

HENRIETTE.

Puisque vous allez être mon mari...

CAUDEBEC.

C'est juste... (Il ouvre une lettre.)

HENRIETTE.

Oh! ne lisez pas, monsieur.

CAUDEBEC.

Puisque vous allez être me femme.

HENRIETTE.

C'est juste.

CAUDEBEC, parcourant la lettre.

Oh! oh! c'est vif... c'est très-vif...

HENRIETTE.

Dame! un fiancé!...

CAUDEBEC.

C'est singulier; je connais cette écriture... Et son nom... son adresse?...

HENRIETTE.

Vous les trouverez dans l'écrin.

CAUDEBEC, ouvrant l'écrin.

Son portrait!... (Le reconnaissant.) Gaston, mon neveu!..

HENRIETTE.

Oui, mon oncle, votre neveu... qui, je le crains bien, se laissera déshériter plutôt que de vous abandonner ses droits sur mon cœur.

CAUDEBEC, vexé.

Permettez... (A part.) Quarante-mille livres!.. (Haut.) Votre honneur l'exige... je vous ai compromise...

HENRIETTE, souriant.

Oh! un oncle de cinquante-trois ans!

CAUDEBEC.

Cinquante-deux.

HENRIETTE.

Et huit mois.

CAUDEBEC.

N'importe! il y a des hommes de cinquante-deux ans et huit mois.

HENRIETTE.

En quoi d'ailleurs m'avez-vous compromise?... N'est-il pas tout naturel qu'un oncle qui arrive à Paris descende chez sa nièce?... Mon oncle, (Désignant la porte du fond.) votre chambre est là...

* Henriette Caudebec.

CAUDEBEC.

Ah! vous avez une chambre?

HENRIETTE.

Qui vous attend...

CAUDEBEC.

Et vous ne me le dites pas! et vous me laissez dans ce fauteuil!...

HENRIETTE.

Je ne savais pas que vous étiez mon oncle... Demain, j'envoie chercher votre malle... et je vous installe chez moi.

CAUDEBEC.

Au fait, le monde n'aura rien à dire.

HENRIETTE.

Et le voisin non plus. (Elle désigne la fenêtre d'en face.)

CAUDEBEC.

Le voisin non plus?... Tiens... une idée!... Venez, ma nièce, venez... (Il va ouvrir la fenêtre du fond.)

HENRIETTE.

Qu'allez-vous faire?

CAUDEBEC.

Vous allez voir... (Appelant.) Monsieur!... Pardon... je vous dérange?

LA VOIX.

Quoi?... Que voulez-vous?

CAUDEBEC, prenant Henriette par la main et la présentant.

J'ai l'honneur de vous faire part du mariage de madame Henriette Dumonteil, que j'embrasse... sur le front... (Il l'embrasse.) avec M. Gaston Roublardin de Caudebec, mon neveu.

LA VOIX.

Ah!

CAUDEBEC.

Et de vous prier de ne pas assister à la bénédiction nuptiale qui leur sera prochainement donnée...

LA VOIX, désappointée.

Ah!

CAUDEBEC.

Ni au dîner, qui aura lieu chez Véfour.

LA VOIX.

C'est bon... (On referme la fenêtre d'en face avec humeur.)

HENRIETTE.

Il est furieux.

CAUDEBEC, qui a refermé la fenêtre.

Voilà notre invitation faite... Et maintenant, ma nièce...

HENRIETTE, lui donnant la lampe qu'elle a prise sur la table, et allant ouvrir la porte du fond.

Maintenant, mon oncle, tenez... votre chambre est là. (Elle

lui indique une porte dans la chambre du fond.) Bonsoir, mon oncle... je vous ferai réveiller demain à midi.

CAUDEBEC.

Midi?... J'aimerais mieux deux heures.

HENRIETTE.

Deux heures... soit... Bonsoir.

CAUDEBEC.

Bonsoir... (Il l'embrasse sur le front; puis ils se dirigent, Henriette vers la porte de gauche, Caudebec vers la porte de droite.)

HENRIETTE, sur le seuil de sa chambre.

A demain!

CAUDEBEC.

Deux heures!... (Henriette entre dans sa chambre; Caudebec s'avance vers le public, sa lampe à la main, regarde s'il est seul, et dit :) Je fais une réflexion... (Puis il se ravise, et dit :) Non, je vais me coucher... (Il se dirige vers sa chambre, sa lampe à la main.) Eh bien, si... (Il se rapproche de la rampe.)

HENRIETTE, revenant près de lui.

Qu'est-ce qu'il y a?

CAUDEBEC, l'apercevant.

Air D'HERVÉ : *On demande une lectrice.*

Eh quoi! vous n'êtes pas partie?

HENRIETTE.

Je viens vous tenir compagnie.

CAUDEBEC.

Mais je voudrais rester ici.

HENRIETTE.

Mais j'y voudrais rester aussi;
Cela, monsieur, vous contrarie?

CAUDEBEC.

Non... mais permettez, je vous prie.

HENRIETTE.

Que vous faut-il encor?

CAUDEBEC.

Tenter un faible effort:
Avant de m'en aller,
Je désire parler...
(Désignant le public.)

HENRIETTE.

Eh bien! mon oncle, allons,
Mais ensemble parlons...

ENSEMBLE, au public.

HENRIETTE.

Quel bonheur pour nous,
Plaisir bien doux,

Messieurs, si cet ouvrage
A votre suffrage!
Auteurs et nous,
Comptons ici sur vous.

CAUDEBEC.

Quel bonheur pour nous,
Plaisir bien doux,
Messieurs, si cet ouvrage
A votre suffrage!
Auteurs et nous,
Comptons ici sur vous.

FIN.

www.ingramcontent.com/pod-product-compliance
Ingram Content Group UK Ltd.
Pitfield, Milton Keynes, MK11 3LW, UK
UKHW022142260726
13993UKWH00005B/2104

9 782329 154299